AF219028

Anne Mader

Felix am Bauhaus

Anne Mader

Felix am Bauhaus

Bibliografische Information der Deutschen National-bibliothek: Die Deutsche Nationalbibliothek ver-zeichnet diese Publikation in der Deutschen Natio-nalbibliografie; detaillierte bibliografische Daten sind im Internet über dnb.dnb.de abrufbar.

© 2022 Anne Mader
Zeichnungen: Anne Mader und Harry Olschewski

Förderung durch den
Landeskulturverband Schleswig-.Holstein e.V.

Herstellung und Verlag: BoD - Books on Demand, Norderstedt

ISBN: 978-3-7562-4222-1

Inhalt

Vorwort

Wie ist die Idee zu dem Buch 'Felix am Bauhaus' entstanden? Ich verdanke sie im Grunde meinem schwarz-weißen Kater Felix.

Ich hatte einen gewebten Teppich geschenkt bekommen - er ist zwar keine Museumsreplik eines Bauhausteppichs, aber immerhin in leuchtenden Farben gehalten und zeigt geometrische Formen -, und brachte ihn zunächst in die Reinigung. Als ich ihn dann abgeholt hatte und das erste Mal ausrollte, lief Felix interessiert herbei und betrachtete eingehend die starkfarbigen geometrischen Muster. Er konnte sich daran kaum sattsehen, rollte sich auf dem Teppich herum und fuhr mit den Pfoten immer wieder die kräftigen Konturen nach, die bald an einigen Stellen aufzuribbeln drohten. Das wiederholte sich mehrere Tage, so dass ich mich fragte, wie Katzen Farben und Formen erleben. Und mir kam die Idee zu der Geschichte vom Kater Felix, der unbedingt am Bauhaus Design studieren will und sein Ziel gegen alle Widerstände schließlich durchsetzt.

Die Bewerbung

Felix ist ein junger ehrgeiziger Kater. Seine Familie lebt bei einem Fischer in einem Dorf an der Ostseeküste.

Sein Vater ist ein stämmiger kampferprobter schwarz-weißer Kater. Er hat viele Narben auf dem Rücken und im Gesicht. Seine rechte Seite und die Nase zieren weiße Streifen auf dunklem Grund, ein Zick-Zack-Muster, das an Blitze erinnert, was sein kämpferisches Aussehen unterstreicht. Seine weiße Schwanzspitze leuchtet wie eine Signallampe. Felix' Mutter ist eine hellgraue Katze mit weißen Pfoten. Die Kinder kommen farblich stets nach den Eltern, die Söhne nach dem Vater, die Töchter nach der Mutter. Felix ist schwarz-weiß, seine jüngere Schwester Lea, klein, grau und schlau, ähnelt der Mutter. Felix hat eine weiße Nase in seinem schwarzen Gesicht, und an einigen Stellen stoßen die schwarzen Partien seines Fells im rechten Winkel auf die weißen, was Felix' Interesse am Konstruktiven verrät.

Felix beobachtet, dass seine Eltern und alle Katzen, die er sonst noch kennt, nur einem einzigen Beruf nachgehen, dem Mäusefangen. Sie halten das Haus und die Kutter mäusefrei und helfen höchstens einmal in der Küche beim Abwaschen. Aber Felix hat andere Interessen. Bei einer Nachbarin hat er

neulich einen bunten Webteppich mit grafischen Mustern gesehen, das lässt ihn seitdem nicht mehr los. Er hat sich begeistert mitten auf dem Teppich hin und hergerollt und ist mit den Pfoten die Muster entlang gefahren, wieder und wieder, bis sie beinahe aufribbelten.

Die Nachbarin sagt, der Teppich sei am berühmten Bauhaus entworfen worden, einer neuen modernen Kunstschule, deren Motto es sei, Form, Material und Funktion eines Objektes miteinander zu verbinden. Alle Kunstgattungen würden gelehrt, z.B. Architektur, Malerei, Textil- und Modedesign, Töpferei und Glaskunst, Schmuck- und Möbeldesign, Fotografie und Illustration. Ihr Teppich sei übrigens recht teuer gewesen, eine echte Museumsreplik, und Felix solle keine Fäden herausziehen.

Als die Nachbarin Felix' hoffnungsvollen Blick bemerkt, fügt sie hinzu, dass die Aufnahmekriterien am Bauhaus sehr streng seien. Man müsse eine Mappe mit Naturstudien, Skizzen und Farbstudien einreichen und sich, falls die Mappe akzeptiert werde, einer Aufnahmeprüfung unterziehen. Im Übrigen halte der Direktor, der Architekt Walter Gropius, nichts von studierenden Frauen und schon garnichts von Katzen an seiner Institution, habe sie gehört.

10

Felix beschließt insgeheim, trotzdem einen Versuch zu wagen. Während seine Geschwister stundenlang vor Mauselöchern lauern, sitzt er geduldig vor seinem Skizzenblock. Erst abends legt er Stifte und Zeichenfeder beiseite und leckt sich die tintenverschmierten Pfoten sauber. Besonders gut gelingen ihm Stillleben mit Fischen, Vögeln und Mäusen, sowie ein Selbstportrait in schwarz-weiß und ein Bildnis seiner kleinen Schwester Lea, die eigentlich keine Geduld zum Modellsitzen hat. Die Nachbarin rät ihm außerdem zu einem Kurs im perspektivischen Zeichnen. Felix besorgt sich auch einen kleinen Aquarellkasten, um Farbe in seine Skizzen zu bringen, und natürlich einen Aquarellblock.

Der große Tag der Bewerbung kommt. Seine Nachbarin, die in der Stadt arbeitet, fährt ihn zur Kunsthochschule. Die Mappe wäre doch zu schwer zum Tragen gewesen, vielleicht auch schmutzig oder bei Regen nass geworden. Mit vielen anderen Bewerbern läuft Felix, seine Zeichenmappe unter dem Arm, die berühmte Bauhaustreppe hoch, die Oskar Schlemmer so oft gemalt hat, hinauf zum Büro. Er scheint der einzige Kater zu sein, der sich bewerben will, aber vor Aufregung bemerkt er es kaum. Noch nie ist er in einem so großen Gebäude und unter so vielen Menschen gewesen. An den Wänden hängen Studien, die Dozenten und Studenten gezeichnet haben, in einigen Vitrinen stehen Modelle von

Möbeln und Gebäuden, die Felix sich auf dem Rückweg genau ansieht. Felix gibt seine Mappe ab. Nun heißt es abwarten, ob sie akzeptiert und er zur Aufnahmeprüfung eingeladen wird.

Die Aufnahmeprüfung

Sechs Wochen später erhält Felix einen Brief, in dem steht, dass seine Mappe für gut befunden wurde, und er sich an einem bestimmten Tag zur Aufnahmeprüfung in der Akademie einfinden solle, im Raum K im zweiten Stock. K wie Kater denkt Felix, ganz sicher ein Glückszeichen!

Dann sitzt er unter vielen Studenten, liest die Prüfungsaufgaben und kaut aufgeregt an seinem Bleistift. Um sich zu beruhigen, zieht er eine vorsorglich mitgebrachte Maus aus der Tasche um sie zu verspeisen. Zum Glück hat ihm der Hausmeister, ein großer Katzenfreund, eine Schüssel Wasser neben seinen Tisch gestellt. Die Studenten trinken Cola, Tee oder Kaffee.

Im Raum ist es totenstill bis auf das Kratzen der Bleistifte auf dem Papier. Mit leisen Schritten geht die Aufsicht zwischen den Zeichenpulten hin und her. Felix findet die Aufgaben nicht allzu schwer. Schattierungen in verschiedenen Grautönen, kleine Stillleben, Farbstudien, wie er sie schon oft geübt hat. Nur die perspektivischen Darstellungen sind nicht leicht für Felix, aber er bemerkt, dass auch die anderen Bewerber damit ihre Probleme haben. Gut, dass er den Perspektivekurs auf Anraten der

Nachbarin absolviert, im Unterricht gut aufgepasst und sofort Fragen gestellt hat, wenn ihm etwas unklar war!

Achte zuerst auf den Horizont im Bild, der stets waagerecht liegt, mahnt er sich immer wieder, und zeichne dann die Fluchtpunkte darauf ein. Senkrechte Linien von Gebäuden bleiben senkrecht, die waagerechten dagegen richten sich nach den Fluchtpunkten. Öfter muss er mit den Pfoten radieren. Besonders die Perspektive mit mehr als zwei Fluchtpunkten ist wirklich schwierig, wie er sich aus seinem Kurs erinnert, aber eine solche Übung kommt zum Glück nicht vor.

Als die Prüfung vorbei ist und die Zeichnungen eingesammelt werden, hat Felix ein ganz gutes Gefühl. Ein freundlicher Student bietet ihm an, ihn im Auto mitzunehmen, da sie beide den gleichen Heimweg haben. Dankbar rollt Felix sich auf dem Rücksitz neben seinen Zeichensachen zusammen. Er merkt erst jetzt, wie müde er ist und schläft sofort ein.

Wieder vergehen spannende Wochen, bis Felix endlich ein Einschreiben erhält, dass er bestanden habe und aufgenommen sei. Als erster am Bauhaus eingeschriebener Kater erhält er sogar von einer großen Katzenfutterfirma ein Stipendium, zum Teil als

Darlehen. Die hilfsbereite Nachbarin hat es für ihn beantragt und ihm mit den Formularen geholfen. Die eher konservative Fischerfamilie kennt sich damit nicht aus, eher schon mit Fischereiquoten, und hält überdies nicht viel von Felix' Studienplänen. "Schuster, bleib bei deinen Leisten", denkt sie wohl; will heißen: "Kater, bleib bei deinen Mäusen". Auch sein Vater sagt, Felix solle besser die Pfoten von derartigen Experimenten lassen, später könne er doch das väterliche Revier übernehmen. Um seine Worte zu unterstreichen, hebt er drohend die rechte Vorderpfote, wie um Felix eine Ohrfeige zu geben, aber Felix, der die dominante Art seines Vaters gut kennt, weicht schnell aus. Seine Mutter jammert: "Du willst doch mal Familie haben. Verdient ein Designer denn genug?" Aber Felix ist erwachsen und niemand kann ihm das Studium verbieten.

Die Nachbarin freut sich über Felix' Erfolg und gibt ihm noch ein paar gute Ratschläge mit auf den Weg. "Sei im Studium nicht jedermanns Schmusekätzchen", sagt sie. "Sprich sachlich und konzentriert, und geh' lieber ein wenig auf Distanz zu den Menschen. Nicht alle meinen es gut mit Tieren, auch nicht alle Akademiker. Du wirst auch Neid und Missgunst begegnen. Sei stets höflich zu deinen Lehrern, aber bestehe auch auf deiner Meinung, wenn sie es dir wert ist. Dann wirst du am Ende Erfolg haben." Seine Mutter umarmt ihn zum

Abschied und ermahnt Felix zur Vorsicht, in der Stadt lauern sicher Gefahren, von denen man auf dem Dorf nichts ahnt. Die Familie verspricht, Felix zu besuchen, sobald er sich eingerichtet hat. Dann zieht Felix los. Die Nachbarin nimmt ihn wieder mit, da sie sowieso täglich zur Arbeit in die Stadt fährt. Er hat wenig Gepäck, im Wesentlichen seine Zeichensachen, seinen Korb und die Decke zum Schlafen.

Felix sucht eine WG

Ein paar Mal hat Felix zu Beginn des Grundstudiums bei einem freundlichen Studienkollegen übernachtet, der noch bei seinen Eltern wohnt. Notfalls hätte er seine Sachen auch in seinem Spind eingeschlossen und im Park geschlafen. Das hat er zu Hause oft gemacht, es ist auch noch warm. Doch nun sucht Felix ein Zimmer, möglichst in einer hundefreien WG. Er hängt einen Zettel ans Schwarze Brett und bekommt auch bald ein Angebot. Felix läuft sofort zur der Adresse, das Zimmer gefällt ihm und es ist nicht allzu teuer. Er braucht nur wenige Möbel, das Wichtigste ist ein höhenverstellbarer Zeichentisch oder auch ein stabiler Esstisch, auf den er sein Reißbrett stützen kann. Ein Bett braucht Felix nicht, er hat einen geräumigen Katzenkorb, den er gleich vor die Heizung stellt, mit einer warmen Decke darin.

Dazu braucht er noch einen höhenverstellbaren Hocker und einen Schrank für sein Zeichenmaterial. Ein Leuchtpult und eine Staffelei will Felix sich später anschaffen. Einen Kleiderschrank braucht er nicht, er trägt sein schwarz-weißes Sommer- oder Winterfell, je nach Jahreszeit. Das Bad wird er zum Duschen eher selten benutzen, aber sein Katzenklo stellt er hinein, neben das der WG-Katze. Den

bequemen Sessel am Fenster betrachtet er als Luxus, zu Hause durfte nur sein Vater den Ohrensessel des Fischers benutzen, wenn dieser auf See war.

Nach dem Abendessen sehen die WG-Bewohner oft noch fern oder spielen am Küchentisch Karten - am liebsten 'Mau-Mau' - oder Brettspiele, die Felix, der sehr geschickte Pfoten hat, besondere Freude machen, vor allem, wenn es dazu noch eine Platte mit Käsewürfeln gibt, die Felix sehr gern isst. Beim Dominospiel übt Felix zählen und addieren. Manchmal gehen die Studenten auch ins Kino oder ins Konzert, aber das ist für geräuschempfindliche Katzenohren meist zu laut. Felix sitzt dann in der ersten Reihe oder auf der Lehne des Kinosessels, damit er überhaupt etwas sieht.

Eingekauft und gekocht wird abwechselnd. Oft aber sitzt Felix abends noch über seinen Zeichnungen und Büchern, bis er völlig übermüdet einschläft. Manchmal sieht ein Mitbewohner spät noch Licht unter Felix' Tür, findet ihn schlafend über seinen Skizzen, nimmt ihm seinen Stift aus der Pfote, hebt ihn vorsichtig hoch und setzt ihn in seinen Korb. Felix dreht sich dann schlaftrunken um die eigene Achse, zwei- oder dreimal, und schläft sofort wieder ein.

Felix befestigt seine Naturstudien, Skizzen und Entwürfe an der Tapete, um sie immer vor Augen zu

haben. Gerade im Vorbeigehen fallen ihm oft noch Fehler auf oder Ergänzungen und Änderungen ein, die er vornehmen könnte. Nach und nach sind die Wände bis zur Decke mit seinen Zeichnungen bedeckt. Die Mitbewohner staunen, für sie ist es eine richtige kleine Ausstellung.

In der WG hat jeder seine Aufgaben, auch Felix muss manchmal die Küche putzen oder abwaschen, was er schon von zu Hause kennt. Nur vor dem Staubsauger hat er Angst. Staubsaugen kommt für ihn also auf keinen Fall in Frage. Die Mitbewohner sind freundlich und tolerant, einer studiert sogar Tiermedizin, ein anderer Mathematik. Er hat einen Kater, der Snorri heißt, ein Maine Coon und schon älter ist. Er darf bei seinem Besitzer im Bett schlafen, weil er nicht mehr ganz gesund ist. Das gefiele Felix auch, aber er will sich auf keinen Fall aufdrängen.

Manchmal kommt Besuch, ein großer älterer Hund namens Wolf ist auch oft zu Gast. Felix beobachtet ihn zunächst skeptisch und sträubt aufgeregt sein Fell, aber der Hund, ein ehemaliger Polizeihund, ist im Privatleben gutmütig und geduldig. Er bekommt eine gute Pension und erzählt spannende Geschichten aus seinem früheren Berufsleben, er hat richtige Verbrecher statt Mäusen gejagt, versteckte Drogen erschnüffelt und Menschen und Tiere aus Notlagen gerettet.

Felix bietet ihm an, ihn zu portraitieren. Der Hund ist ein geduldiges Modell, nicht so zappelig wie Lea, Felix' Schwester. Wolf ist beeindruckt von Felix' Zeichnung und meint, Felix könne später einmal Gerichtszeichner werden oder Phantombilder nach Zeugenaussagen zeichnen.

Im Grundstudium

Wie alle Anfänger durchläuft Felix zunächst das Grundstudium, den Vorkurs bei dem berühmten Johannes Itten, der ein Jahr dauert. Felix studiert eifrig Ittens gleichnamiges Buch. Johannes Itten bleibt im Zeichensaal öfter nachdenklich hinter Felix' Zeichenbrett stehen, kommentiert aber wenig, wie es seine Art ist. Jeder Student soll sich frei entfalten können, meint er, das gelte auch für einen Kater.

Johannes Itten ist in dieser Beziehung sehr tolerant, sein Chef, der Architekt Walter Gropius, jedoch weniger. Itten antwortet auf dessen gelegentliche kritische Einwände hinsichtlich Kunst studierender Katzen nur: "Die Zeiten ändern sich eben, Walter, die Zeiten ändern sich!" und zupft dabei nachdenklich an seinem bodenlangen Gewand, das ihn wie einen Mönch aussehen lässt.

Hin und wieder gibt Itten Felix einen Tipp. Er sagt zum Beispiel, Felix solle Schattierungen mit seinem buschigen Schwanz verwischen, damit sie weicher wirken. Bei Kohle und Pastell wirke das besonders gut. Beim Fixieren mit Schelllack helfen Felix die anderen Studenten. Naturstudien kommen in jeder Form und Technik vor, dazu Übungen zum Bildaufbau, zur Perspektive, zur Farb- und Formenlehre, zu den Grundfarben. Portrait- und Aktstudium werden

die ganze Studienzeit begleiten. Viele Studenten verdienen sich zusätzlich Geld, indem sie Modell stehen, aber Felix kommt, das liegt nahe, nur als Portraitmodell in Frage.

Besonders gut gelingen Felix experimentelle Arbeiten, informelle Malereien, Grattagen und Decollagen. Er klebt Papierlagen übereinander und reißt sie dann schichtenweise zum Teil wieder ab. Das ergibt interessante Strukturen, die er wieder übermalen und dann erneut überkleben kann. Aber er arbeitet auch gern mit Pastell und Kohle, Rötel, Tusche, Farbstiften und besonders mit Holz. Geometrische Muster ziehen ihn magisch an. Nach dem Grundstudium wird sich Felix für eine Fachrichtung entscheiden müssen. Er wird sich wohl für die Holzwerkstatt einschreiben, Fachrichtung Innenarchitektur. Hier kommt seine konstruktive Begabung am ehesten zum Tragen. Mit seinen scharfen Krallen kann er gut Holz bearbeiten und ganz fein abschleifen. Er betont die Formen zusätzlich durch reine Farben.

Etwas ganz anderes ist Typografie, das Arbeiten mit Schriften. Felix weiß bereits vom Bildhauen, dass es viele verschiedene Schriftarten gibt. Sie gliedern sich in klassische und moderne Schriftfamilien, in Schreibschriften und Druckschriften, die fantasievolle Namen wie z.B. Helvetica, New York, Eurostyle oder Folio haben. Ihre Größe wird in einem

29

Punktesystem angegeben. Es gibt sie in fett, halbfett, schmal und outline, auch in kursiv und mit 'Füßchen', sogenannten Serifen. Besonders die Italienne-Schriften haben stark betonte, oft schön verzierte Serifen. Felix nennt sie 'Zirkuswagenschriften'. Die Bauhauslehrer bevorzugen einen bestimmten Schrifttyp, der nach ihrer Akademie benannt ist.

Im Malatelier

Paul Klee ist nicht nur ein Künstler, der starke Farben und einfache Formen liebt, er wählt Katzen auch oft als Bildmotiv, z.B. auf seinem Gemälde 'Katze und Vogel'. Felix gefällt, dass Klees Sohn auch Felix heißt. Paul Klees Gemälde 'Baldgreis' scheint Felix ein stilisiertes Katzengesicht zu sein, nur der Schnurrbart fehlt. "Seine 'Zwitschermaschine' müsste man mal dreidimensional nachbauen", denkt Felix. Ein Gerüst aus Stäben wie ein Baum und darauf viele Vögel, die ihre Metallschnäbel öffnen und schließen im Takt der Melodie. Aber das scheint ihm dann doch noch zu schwer zu sein, für ihn als Anfänger. Er versucht sich lieber an einem stilisierten Architekturmotiv, mit einem Brückenbogen in Rottönen und ergänzt es mit einigen markanten Pfotenabdrücken in Schwarz, eine Hommage an Paul Klee, seinen Lehrer.

Oskar Schlemmers Ansichten der bekannten Bauhaustreppe, die Felix mit vielen Mitbewerbern emporgelaufen ist, um seine Bewerbungsmappe abzugeben, fügt Felix eine Variante hinzu: Zwischen den Studenten läuft auch eine Katze, ihre Mappe unter dem Arm, sein Alter Ego gewissermaßen. Felix hofft, dass er bald nicht mehr der einzige Kater am Bauhaus sein wird, und dass künftig auch Katzen

zugelassen werden. Seine Schwester Lea bekommt immer ganz glänzende Augen, wenn Felix von seinem Studium erzählt, und bestürmt ihn mit tausend Fragen.

Mondrians Design sieht Felix am liebsten an Möbeln und Einrichtungsgegenständen, z.B. auf Teppichen und Sesselbezügen. Er hätte gern ein Mondrian-Kissen in seinem Korb, aber das ist zu teuer. Immer wieder fährt er mit den Pfoten die Konturen der roten, blauen und gelben Quadrate, Rechtecke und Streifen entlang, die schwarz abgesetzt sind.

Piet Mondrians und Lyonel Feiningers Arbeiten entsprechen Felix' Freude am Konstruktiven. Feiningers Seestücke kommen Felix irgendwie vertraut vor, sie erinnern ihn an sein Heimatdorf, wo es im Hafen auch Segelschiffe gibt. Die lichten Blautöne und der weite Horizont lassen ein wenig Heimweh in ihm aufsteigen, nach seinem Strand, dem Geräusch der Wellen und dem Geschrei der Möwen.
Aber Felix verliert sein Studienziel deshalb nicht aus den Augen. Er weiß, dass er durchhalten muss, wenn er etwas erreichen will.

Er malt ein paar Boote, die am Strand liegen, mit gerefften Segeln. Eine Schiffskatze macht sich an Rudern und Takelage zu schaffen. Er nennt das Bild 'Aufbruch', es hat für ihn eine symbolische

Bedeutung. Feininger ist beeindruckt, dass ein Kater ein so ausdrucksstarkes Gemälde zustande bringt und trotzdem klare Formen wählt. Die Boote gleichen Dreiecken, sie sind stark vereinfacht. Linien wie Rahen oder eine Reling zieht Felix mit den Krallen in der pastos aufgetragenen Farbe nach, die allerdings lange braucht, um zu trocknen.

Felix probiert verschiedene Farbsysteme aus: Aquarell, Acryl- und Ölfarbe, auch Pastellkreiden und Temperafarbe, die er übungshalber aus Pigmenten und Bindemitteln selbst anrühren muss. Als Malgründe kommen verschiedene Papierarten, Malkartons, Sperrholzplatten, Leinwand oder Aluminiumplatten in Frage. Sogar Glas lässt sich bemalen. Abgesehen von Papier, müssen die Materialien vor dem Malen grundiert werden. Es gibt verschiedene Grundierungen, saugfähige, raue und glatte. Man kann die Farben als Lasuren, also in Schichten, oder pastos auftragen, mit dem Pinsel oder einem Spachtel - oder gleich mit den Pfoten! Auch nass-in-nass kann man die Aquarellfarben verwenden, was gut wirkt, aber etwas unangenehm an Felix' Pfoten ist! Korrigieren lässt sich Aquarell kaum und man darf kein Deckweiß verwenden, wie Felix gleich in der ersten Stunde lernt. Aber man kann es gut mit Tusche und Feder oder Stiften ergänzen oder zeichnerisch überarbeiten. Helle Stellen sollten entweder freigehalten,

wozu man viel Übung braucht, oder mit Gummilö-sung abgedeckt und nach dem Aquarellieren freige-rubbelt werden.

Kreiden, Zeichenkohle und Rötelstifte werden am Ende fixiert, damit die Zeichnungen nicht verwi-schen. Dazu wird Schellack in Spiritus gelöst und mit einem Röhrchen über die Zeichnungen ge-sprüht. Felix hat den Bogen nicht gleich heraus, er verschluckt erst einmal die Hälfte der Mischung und greift fortan lieber zur Sprühdose. Am Schluss wer-den die trockenen Gemälde gefirnisst, nur Aquarelle nicht.

Wassily Kandinsky verbindet oft aquarellierte Bild-hintergründe mit konstruktiven Formen und setzt mit dynamischen Linien Akzente. Das geht mit Felix' Krallen besonders bei pastosem Farbauftrag gut, wie schon sein Hafenbild zeigt. Ein Lineal braucht Felix nur am Anfang. Leider kratzt er ein paar Mal tief in das Gewebe, das ist schwer auszubessern. Aber Felix macht überall Fortschritte.

In den Bauhauswerkstätten

Töpfern hat eine gewisse Ähnlichkeit mit Bildhauerei, aber hier wird meist in Serien gearbeitet, als Aufbaukeramik oder an der Drehscheibe. Gießkeramik sieht der Lehrer nicht so gern, sie sei zu steril, findet er. Der feuchte Ton fühlt sich an Felix' Pfoten etwas unangenehm an, aber es lassen sich leicht Muster oder Pfotenspuren hineindrücken. Felix töpfert Ess- und Wassernäpfe, die er seiner Familie in den Ferien als Geschenk mitbringen will, und wählt leuchtend bunte, aber lebensmittelechte Glasuren. Für die Fischersfrau stellt er eine Vase mit blauem Wellenmuster her, die ihr bestimmt gefallen wird, eine Obstschale für seine Nachbarin, die ihm früher so viel geholfen hat.

Die Glasuren sind pastellig-matt getönt, wirken erdig und erhalten erst durch das Brennen ihre leuchtenden Farben, daran muss sich Felix beim Bemalen der Keramik gewöhnen. Es braucht eine gute Vorstellungskraft, um das Endergebnis richtig abzuschätzen. Korrigieren lässt sich nichts. Vorsichtshalber macht er zu Beginn erst einmal Glasurproben.

Die Bildhauerwerkstatt verspricht dagegen handfesteres Arbeiten. Felix wählt extra kleine, leichte Werkzeuge für seine Pfoten, deren Größe an die

menschlicher Hände bei weitem nicht heranreicht, einen Hammer und einen Meißel und einen nicht allzu großen Marmorblock. Er lernt, dass der Stein keine Risse haben darf, auch keine Haarrisse. Zunächst fertigt er aus Ton ein Modell seines Objekts, an dem er vor dem Brennen noch Änderungen vornehmen kann. Ein Gipsmodell ist auch möglich, das nur noch trocknen muss. Änderungen gehen später am Stein nicht mehr, was weggeschlagen ist, ist fort. Dann überträgt Felix die Konturen auf den Stein.

Es gibt auch andere Methoden, um Objekte herzustellen, z.B. mittels einer Gussform oder additiv, d.h. man setzt Formen zusammen, schweißt z.B. Metallteile aneinander. Oder man formt Reliefs, deren Formen erhaben sind oder aber tief liegen. Außer Stein kommt als Material für Bildhauerarbeiten vor allem Holz in Frage. Man kann auch Bronze, Keramik oder Kunststoff gießen. Felix darf schweißen, schmieden - vor dem Feuer hat er doch ein wenig Angst - , sägen, kleben, schleifen, Oberflächen glätten, polieren oder aufrauen. Er merkt bald, dass er am liebsten mit Holz arbeitet, das er auch bemalen kann. Von der großen Kreissäge hält er sich wohlweislich fern, er bittet den Haustechniker um Hilfe, wie es auch viele Studenten tun.

Auf den Rückseiten alter Grabsteine, die die Akademie günstig gekauft hat, werden Schriften in Stein

gehauen, zur Übung verschiedene Alphabete. Granit ist viel härter als Marmor oder Sandstein, stellt Felix fest. Die Buchstaben können erhaben sein oder tiefliegen. Wenn ihm eine Serife, das "Füßchen" eines Buchstaben, abbricht, kann er mit seiner Zeile nochmals anfangen.

Textile Arbeiten fallen Felix schwer, denn mit seinen Krallen bleibt er leicht an den Stoffen hängen und zieht unabsichtlich Fäden aus dem Gewebe. In mühsamer Arbeit stellt er auf dem Hochwebstuhl einen Wandbehang mit der Silhouette einer Katze fertig, den Hintergrund ziert ein filigranes Pfotenmuster.

Der Unfall

Leider liegt Felix' Wohnung an einer vielbefahrenen
Hauptstraße und ist daher auch recht laut. Seine
Freunde ermahnen ihn, immer die Ampeln zu beachten, und den Zebrastreifen zu benutzen, wenn er
zum Bus geht. Felix ist vorsichtig und läuft stets dicht
an den Hauswänden entlang, wenn es möglich ist.
Radfahrer sind allerdings ein Problem. Sie fahren oft
viel zu schnell und dabei kreuz und quer, sie halten
sich oft nicht an die Radwege. Vor seiner Haustür
überholt Felix eines Abends ein Fahrrad, dass illegal
auf dem Bürgersteig fährt. Felix versucht noch aus-
zuweichen, doch eine Pedale streift ihn am Kopf. Er
kugelt zur Seite und bleibt benommen an der Haus-
wand liegen. Seine rosa Nase ist zerkratzt und blutet,
seine linke Pfote schmerzt sehr. Er kann für einen
Moment nichts sehen, und als er aufstehen will,
knicken seine Pfoten ein. Seine Stifte rollen über den
Bürgersteig, einige Zeichnungen flattern auf die
Fahrbahn.

Zeugen des Unfalls eilen zu ihm. Jemand spricht
davon, die Polizei zu rufen. Ein Mann fragt ihn, ob
er verletzt sei und wo er wohne. Felix steht unter
Schock, er kann nicht sprechen und deutet nur
stumm mit der unverletzten Pfote auf seine Haustür.
Jemand sammelt Felix' verstreute Stifte und seinen

Zeichenblock ein. Der Mann, der sich als Herr Katzer vorstellt, nimmt ihn vorsichtig auf den Arm und trägt ihn die Treppe hoch zu seiner Wohnung. Zum Glück ist der Tiermedizinstudent zu Hause. "Felix, was ist denn passiert?", fragt er erschrocken. Er beruhigt das zitternde Tier, wischt das Blut von Felix' Nase und untersucht ihn, so gut er kann. Der hilfsbereite Passant berichtet von Felix' Unfall und sagt, er stelle sich als Zeuge zur Verfügung. Felix trage keine Schuld an dem Unfall, der Radfahrer sei viel zu schnell und zudem auf dem Bürgersteig gefahren.

"Wahrscheinlich hast du nichts gebrochen", stellt Felix' Mitbewohner erleichtert fest, "aber du hast vielleicht eine Gehirnerschütterung. Wir fahren sofort zum Tierarzt, du bist doch versichert?" Felix nickt, ein Studium ist ohne eine Krankenversicherung nicht möglich.

Der Tierarzt röntgt Felix und findet zum Glück keine Knochenbrüche oder innere Verletzungen. Er bestätigt, dass Felix eine Gehirnerschütterung hat, legt ihm einen Kopfverband an, aus dem oben Felix' schwarze Ohren herausschauen und verordnet mindestens eine Ruhewoche im Korb, sowie Tabletten gegen Kopfschmerzen und Schlaftabletten, die Felix nur ungern schluckt. Der Tiermedizinstudent muss dabei mit geübtem Griff ein bisschen nachhelfen.

Felix' linke Vorderpfote ist ein wenig verstaucht, zum Glück ist es nicht die rechte, mit der er zeichnet. In einer Woche soll er nochmals wieder kommen und einen Sehtest machen. Natürlich auch schon eher, falls es ihm schlechter geht.

Felix bittet mit matter Stimme um ein Attest, damit ihm das Semester trotz seines Fehlens angerechnet wird. Zu Hause trinkt er ein bisschen Wasser, essen kann er vor Aufregung nichts. Er sinkt erschöpft in seinen Korb an der Heizung und schläft bald ein. Snorri breitet eine zusätzliche Decke über ihm aus, sitzt neben ihm und hält die ganze Nacht Wache, sofort bereit, Hilfe zu holen, falls es Felix schlechter gehen sollte.

Manchmal jammert Felix im Schlaf ein bisschen und spricht unverständliche Worte. Seine Pfoten zucken, als wolle er fliehen. Snorri scheint es, als ob Felix nach seiner Familie rufe. Erst gegen Morgen schläft Felix tief und fest und schnarcht sogar leise, und Snorri kann auch etwas schlafen. Gegen Mittag wacht Felix auf, es geht es ihm schon etwas besser, aber er muss ganz ruhig liegen bleiben und wieder seine Tabletten nehmen. Er kann schon ein wenig essen. In den nächsten Tagen schläft er viel. Snorri singt ihm leise beruhigende Melodien zum Einschlafen vor.

Felix' Zeichensachen liegen auf den Küchentisch. Die Skizzen sind nass und zerknittert, die Farben und Konturen verlaufen. Felix wird sie so am Semesterende nicht einreichen können, sondern wird die Entwürfe noch einmal machen müssen, obwohl ein Mitbewohner die Blätter zum Trocknen auslegt und bügelt. Auch einige Stifte scheinen zu fehlen, aber das ist Felix im Moment egal. Ihm ist ab und zu noch immer schlecht und schwindelig und er hat Kopfschmerzen. Bis auf einen finden sich die Stifte nach und nach in den Ritzen des Pflasters wieder ein.

Die WG-Mitglieder bleiben eine Woche lang abwechselnd zu Hause, um auf Felix aufzupassen, der, als es ihm besser geht, ein etwas ungeduldiger Patient ist. Sie verständigen auch seine Eltern, was Felix zunächst gar nicht recht ist. Er möchte seine Mutter und Lea nicht unnötig aufzuregen. Snorri liest ihm nachmittags oft vor. Biografien von berühmten Künstlern hört Felix am liebsten. Abends sitzen die Mitbewohner abwechselnd im Sessel neben seinem Korb und berichten von ihrem Tag. Sie machen ihm sein Lieblingsessen und helfen ihm ins Bad, damit er nicht den langen Flur hinunterlaufen muss. Felix ist ihnen sehr dankbar für ihre Fürsorge und erholt sich schnell.

Nach zwei Wochen geht es Felix wieder gut, aber er meidet fortan die belebte Hauptstraße und läuft lieber auf Nebenstraßen zum Bauhaus, wenn es auch ein Umweg ist. "Nicht umsonst heißt ein Bild von Paul Klee Haupt- und Nebenwege", denkt er. "Auch auf Nebenwegen kommt man ans Ziel!" Die Mitbewohner bieten ihm an, ihn künftig im Auto zur Akademie zu bringen und tun es in den ersten Tagen auch einige Male, aber Felix weiß, dass das nicht immer möglich sein wird. Ihre Stundenpläne sind zu unterschiedlich, und er will möglichst unabhängig sein.

Leider muss Felix seinen Übertritt ins Hauptstudium verschieben. Es gelingt ihm nicht, alle Zeichnungen, die bei dem Unfall zerstört worden sind, in der verbliebenen Zeit zu rekonstruieren. Die Frage ist, ob sein Stipendium um ein Semester verlängert werden kann, denn er trägt ja keine Schuld an dem Unfall.

Felix erstattet Anzeige gegen den rücksichtslosen Radfahrer, der nicht einmal angehalten hat. Viel Aussicht, ihn zu finden, bestehe nicht, weiß Wolf, der alte Polizeihund, aus Erfahrung, obwohl sich Zeugen gemeldet haben.

Die anderen Studenten bestürmen ihn mit Fragen, warum er so lange gefehlt habe, und Felix muss den Hergang des Unfalls wieder und wieder erzählen.

Das hilft ihm allerdings auch, das Unglück zu verarbeiten. Ihm scheint, dass einige Kollegen etwas schuldbewusst wirken, sie halten sich wohl auch nicht immer an die Verkehrsregeln!

Auf der Bauhausbühne

Es gibt eine ganz besondere Einrichtung, die Bühne am Bauhaus, die Walter Gropius als Architekt selbst installiert hat. Es ist ein geräumiger Teil der Mensa, durch Schiebewände abgeteilt. Der Mitbegründer des Triadischen Balletts, der Maler Oskar Schlemmer, leitet die Bühnenkurse, die Tanz, Bildende Kunst und Musik verbinden sollen. Nicht umsonst hat er neben seinen berühmten Architekturbildern, z.B. den verschiedenen Ansichten der Bauhaustreppe, auch figürliche Ansichten von Tänzern gemalt. Aber Bewegung nur zweidimensional darzustellen, reicht Oskar Schlemmer auf die Dauer nicht. Er will die Tiefe des Raums ausloten.

Die Tänzer tragen stilisierte Kostüme, die an geometrische Grundformen denken lassen, an Kuben, Kugeln, Zylinder. Ihre Bewegungen wirken abgezirkelt und mechanisch, ganz anders als es im Klassischen Ballett üblich ist. Auch die Musik - gern wählt Oskar Schlemmer Karlheinz Stockhausen als Komponisten - wirkt artifiziell.

Felix, der viel am Zeichenbrett sitzt oder an Werkbänken steht, braucht einen Bewegungsausgleich. Zur Bühne möchte er später beruflich nicht unbedingt, doch der Ansatz des Bauhauses, alle

Kunstrichtungen miteinander zu verbinden, interessiert ihn. Oskar Schlemmer verbindet in seinen Bühnenstücken Musik, Tanz, Kostümdesign, Architektur und Malerei zu einer Einheit. Felix ist vor allem von der Möglichkeit, sich zur Musik zu bewegen, begeistert.

Gleich, nachdem er die Rolle bekommen hat und die ersten Proben beginnen, hat er seine Familie, seine Nachbarin und die Fischerfamilie eingeladen und ihnen Freikarten zur Premiere besorgt. Lea macht Luftsprünge vor Begeisterung. Sie war noch nie in einer größeren Stadt, in einem Kino, einem Theater oder in der Oper. Felix' Vater reagiert ein wenig knurrig, ob so etwas überhaupt Kunst sei? Er hat einen Ausschnitt der Proben des Stücks in den Kulturnachrichten gesehen und ist skeptisch, wie auch der Fischer, sein Hausherr.

Aber Felix' Mutter sagt, sie dürften Felix die Freude nicht verderben und überhaupt sei es eine Ehre, eingeladen zu werden. Die Nachbarin bestätigt das und verspricht, sie im Auto mitzunehmen. "Wir müssen für Felix ein Geschenk und Blumen besorgen", meint sie. "Im Theater werfen die Zuschauer am Ende immer Blumen auf die Bühne." "Sofern es ihnen gefallen hat", knurrt Felix' Vater. Aber die Fischersfrau, die nicht oft in die Stadt kommt, außer zum Fischgroßmarkt, und nur wenig Gelegenheit hat, einmal ein modisches Kleid zu tragen, stimmt ihren Mann und Felix' Vater schließlich um. "Wenn ihr Männer nicht mitkommen wollt, fahren wir Frauen eben allein", sagt sie bestimmt. Felix freut sich auf den Besuch, er wird seiner Familie später sein Zimmer zeigen und ihr seine Freunde aus der WG vorstellen.

Felix darf eine schwarz-weiße Kugel darstellen, und es zeigt sich schon bei der ersten Probe, dass er den anderen Darstellern haushoch überlegen ist. Er steppt, hüpft, federt, flitzt und rollt in atemberaubendem Tempo über die Bühne, fliegt den anderen Tänzern in die Arme, überschlägt sich in der Luft und landet stets sicher auf seinen vier Pfoten. Er verbindet den Tanz geschickt mit Akrobatik. Seine Gehirnerschütterung und die verstauchte Pfote sind längst vergessen.

Der große Tag der Erstaufführung kommt. Felix späht aufregt durch den Vorhang; wird seine Familie dasein? Und seine Freunde, sind sie auch gekommen? Dann sieht er sie, sie haben Plätze in der ersten Reihe. Das Fischerehepaar und die Nachbarin haben die drei Katzen in die Mitte genommen. Lea sitzt neben ihrer Mutter, ihr graues Fell glänzt, ihre grünen Augen leuchten. Sie trägt zur Feier des Tages ihre schönste Muschelkette aus perlgrauen, rosa und weißen Schneckenhäusern und Muscheln, die sie am

Strand gesammelt hat. Sie ist ganz zappelig vor Aufregung, ihre Eltern ermahnen sie zur Ruhe. Felix' Vater bemüht sich, einen würdevollen Eindruck zu machen. Er tut, als sei er solche Menschenmengen gewohnt - immerhin ist er oft auf einem vollbesetzten Angelkutter gefahren -, und als kenne er sich in so großen modernen Gebäuden aus. Seine Mutter, ganz Katze von Welt, unterhält sich mit der Nachbarin über die Bühnenstücke, die sie bereits gesehen hat, allerdings nur im Fernsehen.

Dann brandet Applaus auf. Walter Gropius tritt vor den Vorhang, begrüßt das Publikum im vollbesetzten Saal und spricht ein paar erklärende Worte zu den Prinzipien der Bauhausbühne und zum Inhalt des Stücks. Oskar Schlemmer erwähnt in seiner Ansprache sogar, dass erstmals ein besonderer Tänzer mitwirke, nämlich Felix, der erste Kater am Bauhaus.
Die Aufführung beginnt. Die schnelle Musik, die temporeichen Schrittfolgen, die farbenfrohen Kostüme, das exzentrische Make-up und das moderne Bühnenbild ziehen das Publikum schnell in ihren Bann. Felix braucht keine Maske, auf seinem Fell würde Make-up auch nicht gut halten. Felix' Aufregung verfliegt schnell, als die Musik einsetzt. Er muss sich ganz auf seine Einsätze konzentrieren. Er fühlt unter seinen Pfoten, wie die Bühne leise vibriert, ganz wie die Planken eines Bootes, das Fahrt aufnimmt, als er zu einem gewagten Sprung ansetzt.

Die Aufführung wird ein großer Erfolg. Die Darsteller werden mehrfach vor den Vorhang gerufen; man bittet um Zugaben, im Theater sonst nicht üblich. Blumen fliegen aus dem Publikum auf die Bühne, auch ein Bund Plattfische, die Felix' Vater eigens im seichten Wasser gefangen, aufgefädelt und dann an der Luft getrocknet hat und die Felix so gern mag; in der Stadt aber sind sie kaum zu bekommen. Lea hat das Gebinde noch mit einigen frischgefangenen Mäusen und einer großen Schleife garniert. Sie dekoriert gerne. Eine Reporterin kann den Aufschrei "Igitt!" gerade noch unterdrücken.

Reporter belagern die Bühne und interviewen die Darsteller. Denkt einer von ihnen an eine Bühnenlaufbahn? Felix zumindest verneint das, er will Designer werden. Aber es hat großen Spaß gemacht, das Tanzen, wenn das Kostüm auch etwas unbequem war.

Lea hält es nicht länger auf ihrem Sitz. "Felix, Felix!" ruft sie mit ihrem piepsigen Stimmchen, läuft nach vorn und springt auf die Bühne. Sie legt die Pfoten um Felix' Hals und gratuliert ihrem Bruder stürmisch, der noch ganz außer Atem ist und heiße Pfoten hat. Ihre Eltern folgen ihr gemessenen Schrittes und schütteln ihrem Sohn die rechte Vorderpfote, gratulieren auch dem Ensemble. "Bravo, mein Sohn" sagt sein Vater, "du warst ja immer schon sportlich! Wenn ich daran denke, wie du als Kind im Hafen von Reling zu Reling geturnt bist, ohne je ins Wasser zu fallen!". "Einmal aber doch", wirft seine Mutter ein, "aber du bist ja auch ein guter Schwimmer".

Abends lädt Felix seine Familie und seine Freunde in ein Restaurant ein, zur Feier des Tages. Kein Fischrestaurant, denn Lea mag keinen Fisch, etwas seltsam für eine Katze, die am Hafen aufgewachsen ist. Das Restaurant liegt im obersten Stockwerk eines modernen Hochhauses aus Glas, Stahl und Beton, es ist im Baustil von Walter Gropius gebaut und man kann die ganze Stadt überblicken. "Hier wirst du später viele Kunden finden, egal, was du entwirfst", sagt Felix' Vater spontan. Lea ist vom Aufzug begeistert und würde am liebsten immer wieder rauf und runter fahren. Sie wählt zum Dessert Mousse au chocolat und wundert sich, dass Mäuse in der Stadt süß schmecken; süß, aber gut!

Auf dem Heimweg bummeln sie noch an Schaufenstern entlang und bleiben vor den Auslagen eines Tiergeschäfts stehen. Die Fischersleute und Felix' Eltern staunen über die Vielzahl von Artikeln für Haustiere. So kann man sein Geld auch ausgeben! Felix findet die plüschbezogenen Katzenkletterbäume und Katzenhöhlen insgeheim ergonomisch ungeeignet und unpraktisch, was das Material angeht.

59

Außerdem sind sie kitschig in den Farben, sie sollen eher den Menschen gefallen als den Katzen. Da gäbe es bessere Gestaltungsmöglichkeiten, denkt er. Und er hat recht.

In der Buchdruckerei

Auch in der Buchdruckerei muss Felix wie alle anderen Studenten ein Praktikum machen. Der Schrift-
setzermeister drückt Felix einen sogenannten Winkelhaken in die Pfoten, einen kleinen, aber ziemlich
schweren Metallrahmen, in den Textzeilen mittels
Bleilettern einsortiert werden müssen, Buchstabe für
Buchstabe. Das ist nicht leicht, denn die Lettern sind
seitenverkehrt, auch die Satzzeichen. Felix muss sie
einzeln aus dem Setzkasten nehmen, dessen Fächer
nach Häufigkeit der Buchstaben angeordnet sind.
Sie haben deshalb auch verschiedene Größen, das
Fach für das kleine "e" z.B. ist groß, da es oft vor-
kommt; das für das "x" oder "y" ist dagegen klein.

Felix muss die Aufteilung des Setzkastens auswendig
lernen, damit er später sozusagen 'blind' und auf
diese Weise schneller Texte setzen kann. Dazu gibt
ihm der Setzer ein Schema des Setzkastens als Hilfe
für seine Unterlagen.

Das Schriftsetzen strengt Felix an, weil er sehr genau
hinsehen muss. Der Rücken tut ihm bald weh, er tritt
von einer Pfote auf die andere. Auf keinen Fall darf
er die Buchstaben falsch einsortieren oder gar zwei
Alphabete mischen. Dann gilt der Setzkasten als
'verfischt' und ist nur in mühsamer Kleinarbeit,
wenn überhaupt, in Ordnung zu bringen.

Beim Buchdruck gibt es auch sehr große Alphabete. Die Buchstaben sind aus Holz, damit lässt es sich gut arbeiten. Aber der Bleisatz hat es in sich. Felix merkt schnell, dass der Winkelhaken immer schwerer wird, je länger der Text wird, und dass er zwischendurch immer wieder Zeilen ablegen muss, sonst belastet er seine Gelenke zu sehr. Vorsicht, dass der Satz dabei nicht auseinander fällt! Er sichert ihn vorsichtshalber mit einem Gummiband.

Felix ist ein wenig müde und sieht nicht genau hin, und schon ist es passiert: Ein kleines "u" landet im Fach für das kleine "n", taucht unter und ist verschwunden, ein "i" landet bei den kleinen "l", wo es nicht hingehört. Felix hört Schritte hinter sich, ein Schatten fällt über sein Pult und Walter Gropius' strenge Stimme sagt: "Felix, du dummes, unbegabtes, unfähiges Tier, du hast den Setzkasten 'verfischt'. Bring' das schnellstens in Ordnung oder dein Studium ist hiermit zuende!".

Felix erstarrt vor Schreck. Die Lettern gleiten ihm aus den Pfoten, er findet in der Eile - natürlich - nicht die falsch abgelegten Buchstaben. Der Akademiechef lacht schadenfroh. "Da sieht man es, ein Designstudium ist eben nichts für Katzen! Ich habe das von Anfang an gewusst! Geh' in den Keller und fang' dort Mäuse, vielleicht hast du dazu mehr Talent!". Gropius weist gebieterisch mit der rechten

Hand auf die Kellertür, die der Hausmeister beflissen offen hält.

Felix will sich verteidigen, aber ihm fehlen die Worte. Sein Mund ist ganz trocken vor Aufregung. Gropius duldet keinen Widerspruch. "Kein Wort jetzt, ab in den Keller, und komm' nicht eher heraus, bis alle Mäuse gefangen sind! Ich sollte dich der Akademie verweisen, du bist ein dummes, ungeschicktes, unbegabtes Tier!". Der Bauhausdirektor weist den Hausmeister immerhin noch an, eine Schale Wasser auf die oberste Treppenstufe zu stellen. Niemand soll ihm nachsagen, dass er ein Tierquäler sei. Zu fressen hat Felix im Keller ja genug, bei der Menge an Mäusen kann er nicht verhungern.

Leider ist keiner seiner Freunde in der Nähe, um Felix zu helfen, auch niemand von der Studentenvertretung ist zu sehen. Felix ist völlig verstört. Er schleicht mit hängenden Ohren auf die Kellertür zu, die Worte des Direktors gellen ihm in den Ohren: "Ich sollte dich der Akademie verweisen!" Der Hausmeister sieht ihm mitleidig nach. "Armer Felix!", denkt er, "Solche Fehler macht doch jeder einmal, besonders am Anfang!". Felix läuft zögernd die dämmerige Kellertreppe hinunter und hört, wie die Tür oben zuschlägt. Tränen der Wut und der Verzweiflung steigen ihm in die Augen, ob seine Zeit am Bauhaus jetzt vorbei ist?

Was werden seine Familie, seine Freunde von ihm denken? War es das jetzt, nach all der Mühe und Arbeit? Er steht doch bereits kurz vor dem Hauptstudium! Am meistens kränkt ihn, dass Gropius ihn unbegabt genannt hat. Das ist ungerecht und kann nicht stimmen, er hat doch die Mappen- und Aufnahmeprüfung bestanden, das haben längst nicht alle Bewerber! Und längst nicht alle Kollegen aus dem Vorkurs werden ins Hauptstudium übernommen werden, wie er glaubt. Aber dann fasst er sich etwas, das letzte Wort ist in dieser Sache sicher noch nicht gesprochen. Er könnte sich an die Studentenvertretung wenden, seinen Fall schildern und um Rechtshilfe bitten.

Im Bauhauskeller

Felix' Augen gewöhnen sich schnell an die Dunkelheit, er ist ja eine Katze und sieht im Dunkeln sechsmal schärfer als ein Mensch. Vom Mittelgang des Kellers gehen rechts und links Lagerräume ab, die Felix teilweise schon einmal betreten hat, um Material oder Werkzeug zu holen. Links ist das Papierlager, wo auf langen Regalen Kartons, Malpappen und Papiere in verschiedenen Stärken und Farben liegen. Im Raum daneben stehen Kartonmodelle, Entwürfe von Gebäuden, Innenräumen und Möbeln. Mehrere Räume enthalten Stellwände, Leinwandrollen, Bilderrahmen und Leisten für Keilrahmen, es gibt auch ein großes Sortiment an Staffeleien und Reißbrettern. Auch Felix hat sich hier im ersten Semester eine Studiostaffelei geliehen, der Hausmeister hat sie ihm freundlicherweise die Treppe hinaufgetragen. In einem Raum lagern farbige Pigmente in großen Säcken, einige stehen auf Paletten. Manche Farbpulver sind sehr teuer. Sie dürfen auf keinen Fall feucht werden, weiß Felix, sonst verklumpen sie und werden unbrauchbar.

Felix kommt in einen Raum, in dem halbfertige Möbel stehen. Er setzt sich in einen Stahlrohrsessel, den Marcel Breuer entworfen hat, um sich ein wenig auszuruhen. Seine Pfoten sind doch etwas zittrig nach dem Zusammenstoß mit Walter Gropius. Er könnte vielleicht etwas schlafen, er hat ja Zeit. So schnell, ahnt er, würde man ihn nicht wieder aus dem Keller herauslassen. Felix setzt sich hin, putzt sich erst einmal und schnurrt etwas zu seiner Beruhigung, sieht sich dabei im Raum um. Viele Sperrholz- und Spanplatten lehnen an den Wänden, zum Teil schon fertig zugeschnitten, rechteckige, runde und quadratische, auch einige Säulen und Podeste stehen im Hintergund des Raumes.

Felix ist neugierig, trotz seiner Aufregung. Es gibt viel zu sehen, das lenkt ihn etwas ab, und seine Aufregung legt sich mit der Zeit ein bisschen. Was für materielle Werte diese Räume beherbergen! Ans Mäusefangen denkt Felix nicht im Traum, obwohl er es hier und da rascheln hört, Mäusejagen ist unter seiner Würde! Soll Walter Gropius doch sehen, wie er die Mäuse los wird, er, Felix, wird jedenfalls keine Pfote rühren! Felix sieht den Direktor und seine Kollegen im Geiste schon auf der Lauer liegen, in der Mittagspause und nach Feierabend, und muss trotz seiner Sorgen ein wenig lachen. Er wünscht dem Direktor noch ein paar fette Ratten als Zugabe. Gern wäre er ihm auch ins Gesicht gesprungen und hätte ihm die Nase ordentlich zerkratzt, dazu die Hände.

"Die Holzteile sind sicher für Möbel vorgesehen", denkt Felix träge, aber plötzlich erinnert er sich an das Tiergeschäft mit den unzweckmäßigen Heimtiermöbeln. "Kratz- und Kletterbäume für Katzen, Möbel für Tiere sozusagen", denkt er plötzlich, "das ist es!" Aber katzenergonomisch und tiergerecht, nach dem Prinzip des Bauhauses gestaltet. Funktion, Material und Form sollen einander ergänzen, eine Einheit bilden! Kein Plüsch, kein Teppichboden in Pink, sondern rau strukturierte, krallengerechte Oberflächen und Kratzflächen, Seile und Tampen zum Sichhochziehen. Übereinander gestaffelte Plattformen zum Klettern und Turnen, vielleicht auch Tunnel und Röhren zum Hindurchflitzen, Rampen zum Herunterrutschen, Hängebrücken, eine krallengerechte Sisal- oder Hanfbespannung. Plüsch ist viel zu weich und bietet den Krallen keinen Widerstand, besser auch kein Teppichboden, in dessen Schlingen man mit den Krallen leicht hängen bleibt.

Felix' Müdigkeit ist verflogen. Er sieht sich suchend um, findet auf einem Tisch einen Bleistift und Papier und beginnt zu skizzieren.

Die Überschwemmung

Felix zeichnet eifrig, seine Gedanken überschlagen sich fast, seine Ideen sprudeln nur so. Dem Prototyp eines Kratzbaums folgen viele Variationen. Er geht von einem Mittelteil aus, dem Hauptstamm sozusagen, von dem seitlich verschiedene Plattformen abzweigen. Der mittlere Teil könnte bei einem größeren Durchmesser auch hohl sein und müsste Ausstiegslöcher haben, die Katzen könnten dann innen hinaufsteigen oder hinunterrutschen. Verschiedene Höhlen und unten sogar ein Katzenklo könnten integriert werden, auch eine Hängematte zum Schlafen. Für seine Diplomarbeit hätte er also mehr als genug Material.

Felix merkt kaum, wie die Zeit vergeht. Erst als das Licht zu schwach zum Zeichnen wird, macht er eine Pause und merkt plötzlich, wie müde er ist. Hunger hat er auch, will aber nicht auf Mäusejagd gehen, wenigstens jetzt noch nicht und später nur, wenn es unbedingt sein muss. Er legt seine Zeichnungen und den Bleistift auf den kleinen Tisch neben dem Marcel Breuer-Sessel und beschließt, etwas zu schlafen. Ein Stück Styropor dient ihm als provisorisches Kissen.

Felix nickt etwas ein und schnarcht sogar ein bisschen, aber plötzlich schreckt er hoch. Seine Schwanzspitze, die etwas über die Kante der Sitzfläche des Sessels hängt, ist feucht geworden! Kann das sein? Er tastet vorsichtig mit der rechten Pfote und richtig: Der Kellerboden ist nass! Eine Überschwemmung, Wasser im Keller! Jetzt hört er auch ein Geräusch, wie fließendes Wasser. "Hilfe", denkt Felix, "all die Papiere und Hölzer, die Pigmente, die Bilderrahmen! Soll das alles verderben? Und soll er hier im Keller ertrinken? Nur das nicht!" Allerdings sieht er gleich, dass das nicht passieren kann. Das Wasser kann höchstens bis zu den Kellerfenstern steigen.

Felix springt auf und flitzt mit nassen Pfoten die Kellertreppe empor. Noch steht das Wasser nicht sehr hoch, aber es steigt jede Sekunde. Felix stellt sich auf die oberste Treppenstufe und miaut durchdringend. Als niemand antwortet, fängt er an, an der Tür zu kratzen. Wieder keine Reaktion! Felix bleibt nur übrig, nach der Türklinke zu springen und zu versuchen, sich mit beiden Vorderpfoten dranzuhängen und sie mit seinem ganzen Gewicht herunterzudrücken, zum Glück ist er recht stämmig. Zu Hause hat er das bei der Küchentür schon probiert und es hat funktioniert. Hoffentlich ist nicht abgeschlossen! Nach mehreren Versuchen gelingt es endlich, die Tür springt auf.

Felix schüttelt sich. Noch ganz außer Atem ruft er ins Foyer: "Wasser, Wasser im Keller. Ein Rohrbruch, zu Hilfe, zu Hilfe!" Jetzt eilt der Hausmeister aus seinem Büro und stürmt an Felix vorbei die Kellertreppe hinunter. "Du hast recht, Felix", ruft er über die Schulter, "ich stelle erst einmal die Hauptwasserleitung ab!" Dann telefoniert er seine Gehilfen herbei, um soviel Material wie möglich zu retten, indem er es auf Tischen und Regalen deponiert, zu allererst die teuren Leinwände und Farbpigmente. Dann macht er dem Direktor Meldung und vergisst nicht, besonders zu betonen, dass Felix es war, der den Rohrbruch gerade noch rechtzeitig entdeckt und gemeldet hat.

Felix findet sein Diplomthema

Walter Gropius eilt sofort in den Keller und besieht den Schaden. Kopfschüttelnd geht er von Lagerraum zu Lagerraum. Einige Kollegen und Studenten folgen ihm. Das Wasser steht zum Glück noch nicht sehr hoch auf dem Zementfußboden. Es hätte schlimmer kommen können, wenn Felix den Rohrbruch nicht entdeckt und sofort gemeldet hätte, wie der Hausmeister nochmals betont. Heizungsraum und Küche sind trocken geblieben, sie haben zum Glück erhöhte Türschwellen und dicht schließende Stahltüren.

Schließlich wendet sich der Direktor an Felix, der sich bisher im Hintergrund gehalten hat. "Und du hast also Alarm geschlagen? Was hast du überhaupt allein hier im Keller gemacht?" Dann fällt sie Gropius wieder ein, die Sache mit dem 'verfischten' Setzkasten und dass Felix zur Strafe im Keller Mäuse fangen sollte. "Da muss ich mich wohl bei dir entschuldigen, du hast schnell reagiert und dadurch viel wertvolles Material gerettet", sagt er. Dann sieht er die Skizzen auf dem Tischchen, die zum Glück nicht nass geworden sind. "Hast du das gezeichnet?" fragt er Felix, der zustimmend nickt. Gropius nimmt langsam ein Blatt nach dem anderen in die Hand und studiert es genau. "Sehr gut gezeichnet, aber was

stellen diese Entwürfe dar? Es sind offenbar Möbel?" fragt er.

Felix holt tief Luft, bevor er antwortet. "Es sind artgerechte Möbel für Katzen, Kletterbäume und Kratzmöbel, auf die Bedürfnisse von Katzen abgestimmt. So etwas möchte ich im Hauptstudium bauen", sagt er dann mit fester Stimme. "Du bist wirklich sehr begabt und hast die Zeit im Keller gut genutzt", sagt der Direktor anerkennend. "Im Hauptstudium solltest du in die Holzwerkstatt eintreten, Mathematik-, Geometrie- und Physikkurse besuchen und zusätzlich perspektivisches Zeichnen üben. Einen Kletterbaum zu entwerfen und zu bauen, wäre ein gutes Thema für deine Diplomarbeit. Und vielleicht findest du nebenbei auch noch etwas Zeit, um eine gut funktionierende, moderne Mausefalle für den Bauhauskeller zu entwerfen, die wäre dringend nötig.". "Das eher nicht, dazu wird mir die Zeit fehlen", denkt Felix.

Das große Aufräumen beginnt. Einige Studenten helfen, Gegenstände ins Trockene zu tragen, andere wischen den Boden auf. Ein Installateur kommt, um die Wasserleitung zu reparieren. Felix rollt seine Zeichnungen zusammen und verlässt unauffällig den Keller. Er findet, dass er fürs Erste genug getan hat, und schlägt den Weg zur Mensa ein, denn er hat plötzlich großen Hunger. Das Mittagessen ist zwar längst vorbei, aber der Mensawirt stellt unaufgefordert einen Teller Gulasch vor Felix hin, dazu ein Schüsselchen mit einem Stück Käse und einer Schokoladenwaffel, Felix' Lieblingsnachtisch. Als Felix bezahlen will, winkt der Wirt ab. "Ich bin dir dankbar für dein schnelles Handeln, Felix,", sagt er, "wir alle wissen, dass du große Schäden verhindert hast. Nicht auszudenken, wenn meine Küche unter Wasser gestanden hätte! Es hätte für euch vielleicht wochenlang kein warmes Essen gegeben, und wenn meine Geräte einen Kurzschluss gehabt hätten, wäre ich ruiniert gewesen! Bis die Versicherung zahlt, vergeht immer viel Zeit."

Felix beschließt, nach Hause zu gehen. Der Tag war aufregend genug. Später ruft er in seinem Dorf an und erzählt der Familie von dem Vorfall mit Walter Gropius. Er hört seinen Vater empört ins Telefon fauchen. "So eine Ungerechtigkeit! Dich so gemein zu behandeln! Ein paar ordentliche Kratzer hätte Walter Gropius schon verdient! Soll ich mal in seinem Büro vorbeikommen?", knurrt er ärgerlich. Felix' Mutter dagegen beschwichtigt: "Felix, du hast dich klug verhalten, und der Direktor hat sich ja auch bei dir entschuldigt. Sonst hättest du eben den Rechtsweg beschritten." Lea aber denkt insgeheim daran, sich bei ihrem nächsten Besuch am Bauhaus in die Waschräume zu schleichen und alle Toilettenpapierrollen zu zerfetzen, als Vergeltung und um ihren Bruder zu rächen; oder im Foyer die Erde aus den Blumenkübeln zu kratzen. Sie ist eben eine kleine Rebellin.

Das Hauptstudium

Felix ist nach einem Jahr Vorkurs nun im Hauptstudium, das drei Jahre dauert. Vorher ist die Eignung der Kandidaten noch einmal geprüft worden. Längst nicht alle Studenten sind weitergekommen, wie er sieht. Felix wählt, wie er vorgehabt hat, die Holzwerkstatt, obwohl ihn auch die Malklasse sehr interessiert. Doch sind angewandte Entwürfe später sicher besser zu verkaufen, und außerdem sind artgerechte Katzenmöbel dringend nötig, denkt er.

Viele Fächer sind neu für ihn, Naturwissenschaften zum Beispiel, aber auch Kalkulation, Material- und Werkstoffkunde und der Umgang mit Maschinen, Werkzeug und technischen Geräten, wobei er anfangs oft Hilfe braucht. Das Holz als Werkstoff fühlt sich unter seinen Pfoten gut an, es ist schön griffig für seine Krallen und riecht harzig nach Wald und Natur. Es gibt viele Arten von Hölzern, mit verschiedenen Oberflächen und Strukturen, weiche und harte. Sie haben verschiedene Eigenschaften.

Felix merkt bald, dass er in Mathematik und Physik Nachhilfe benötigt, er hat ja keine Schule besucht. Ein Mitbewohner aus seiner WG kann ihm aber helfen, seine Kenntnisse erweitern. Felix lernt, Holz auf verschiedene Weisen zu verbinden, über

Wasserdampf zu formen und die Oberflächen zu bearbeiten. Er bringt Furniere und Beschichtungen auf der Oberfläche der Hölzer an und trägt Farben und Lacke auf. Er baut zunächst, um zu üben, einen kleinen Tisch, einen runden Hocker und ein Regal. Schrauben und Nägel dürfen auf keinen Fall vorstehen, damit sich niemand verletzt.

Für die Diplomarbeit baut Felix nach seinen Skizzen zunächst kleine Modelle seines Kratzbaums aus Karton und zeichnet sie dann aus jeder Perspektive; Grundrisse, Seitenrisse und Aufrisse auf Millimeterpapier. Stets geht er dabei von einer stabilen Bodenplatte aus, auf der er eine Mittelsäule oder zwei Säulen montieren wird, von der dann die seitlichen Plattformen und Gehäuse abgehen. Er variiert die Formen, verwirft, radiert und ändert, ergänzt und vereinfacht, deutet die Oberflächen durch verschiedene Schattierungen an.

Er denkt über verschiedene Oberflächenbespannungen nach, Sisal wäre wohl am besten geeignet, Sackleinwand weniger. Aber es werden Materialtests nötig sein. Felix setzt sich mit dem städtischen Tierheim in Verbindung, um zu sehen, wie seine mit Sisal bezogenen Platten die Dauerbeanspruchung aushalten. Bei seinem ersten Besuch im Tierheim ist er entsetzt, wie beengt die Katzen dort leben müssen, und sieht, wie dankbar sie für etwas

Abwechslung sind, obwohl sich das Personal sicher alle Mühe gibt. Da hat er es besser, auch wenn die letzte Mathematikarbeit wieder nicht so gut ausgefallen ist. Felix beschließt, später den Preis seiner Kratzbäume mit einem Spendenanteil zugunsten des Tierheims zu kombinieren.

Aber es wird im Hauptstudium nicht nur gearbeitet, es gibt auch Parties und Feste am Bauhaus, im Herbst z.B. das beliebte Laternenfest. Jeder Student bastelt ein paar Laternen, mit denen die Mensa und der Garten geschmückt werden. Es gibt ein Buffet, zu dem jeder etwas beisteuert, eine Band spielt, es wird getanzt und Studenten und Dozenten verkleiden sich mit phantasievollen Kostümen. Felix überlegt, ob er sein Kugelkostüm von der Ballettaufführung noch einmal tragen soll, aber es ist doch etwas unbequem. Er beschließt, für das Buffet kleine runde Frikadellen zu braten und anzubieten, mit seinen Pfoten kann er sie gut formen. Er kann Snorri nur mit Mühe davon abhalten, die fertigen Frikadellen persönlich auf ihre Qualität hin zu prüfen, indem er jede einzelne ableckt. Sie werden später als 'Katzenfrikadellen' allgemein beliebt und gewissermaßen 'in aller Munde' sein. Sogar der Mensawirt bittet ihn um das Rezept.

Auch Gäste dürfen mitgebracht werden. Felix hat öfter im Park eine wunderschöne weiße Katze mit

langem seidigen Fell und blauen Augen gesehen, die aussieht, als ob sie noch keinen Tag in ihrem Leben gearbeitet hätte. Sie wohnt offenbar in einer Villa am Stadtrand. Ob er sie einfach ansprechen und einladen soll? Er hatte bisher noch keine Freundin, die Hafenkatzen, die nur am Mäusefangen und daran interessiert sind, bald eine eigene Familie zu haben, langweilen ihn eher. Seine Freunde meinen, vielleicht werde die weiße Katze aus dem Park auch seine erste Kundin, ihre Familie scheine Geld zu haben. Sie heißt Mia von Berlioz, ihr Großvater war der berühmte Cäsar von Berlioz, so viel hat Felix schon herausgefunden. Aber ob sie ihn, einen gewöhnlichen Kater vom Hafen, überhaupt beachten wird? Felix hat zunächst Zweifel und ist ganz aufgeregt, aber dann sagt er sich, dass er ja bald einen Hochschulabschluss haben wird, als erster Kater überhaupt, was ebenso gut wie ein Adelstitel sein sollte.

Es zeigt sich dann, dass Mia keineswegs arrogant, sondern ganz natürlich ist. Sie nimmt Felix' Einladung gern an. Mia ist als Rassekatze auf vielen Ausstellungen gewesen, auch im Ausland, hat viel erlebt und kennt sich in Hotels und Messehallen bestens aus. Sie hat viele Schönheitswettbewerbe gewonnen und ist oft in Werbefilmen aufgetreten, weiß aber, dass das mit dem Alter weniger werden wird. Sie ist selbstbewusst und sprachgewandt und kann sich auf

der Party sogar mit Walter Gropius auf Anhieb unterhalten. Das Fest wird ein voller Erfolg. Mia interessiert sich sehr für Felix' Studienpläne, der von Mia lernt, dass das Ausstellungswesen und das Filmgeschäft eine harte, wenn auch gut bezahlte Arbeit, aber kein Beruf für das ganze Leben sind.

Im Sommer machen die Studenten oft Ausflüge an einen Badesee. Obwohl Felix ungern schwimmt, ist er mit dabei. Er will seine Freunde nicht kränken und ist auch gern einmal wieder in der Natur. Jemand nimmt ihn dann in seinem Fahrradkorb mit, obwohl Felix Fahrräder seit seinem Unfall etwas unheimlich sind. Aber der Weg wäre zum Laufen doch zu weit. Während die Studenten zuerst im Wasser toben und dann weit hinaus schwimmen, sitzt Felix am Ufer und aquarelliert die Spiegelungen auf dem See und die Lichteffekte im Laub der Bäume am Ufer und im Gras. Er knabbert ab und zu an einem mitgebrachten Plattfisch, nach einer Weile schläft er in der Wärme ein. Am Abend duftet sein Fell nach Gras und Sonne. Manchmal grillen die Studenten auch. Felix bietet dann seine beliebten Frikadellen an, die er zuhause vorbereitet und mit Katzenminze gewürzt hat.

Oft gehen die Studenten mit ihren Lehrern auch in Museen, Ausstellungen und Designmessen, um von bekannten zeitgenössischen und berühmten historischen Künstlern zu lernen, und um zugleich auch etwas über die Präsentation von Kunst zu erfahren. Auch sie werden ihre Abschlussarbeiten in einer Ausstellung der Öffentlichkeit vorstellen. Es sind nur noch wenige Monate bis dahin, die Abschlussarbeiten sind in ihrer Endphase.

Felix' Prototyp eines artgerechten ergonomischen Kletterbaums nimmt Gestalt an. Nachdem er die einzelnen Plattformen versetzt montiert hat, testet er die Sprungweiten, flitzt die Hauptsäule empor und hinunter. Vom Schlafhäuschen führt eine Rutsche hinunter auf die schwarz lackierte Bodenplatte. Die Rutsche formt er aus Aluminium, sie ist schön glatt. Felix entscheidet sich für Sisal als Bespannung der Oberfläche, das gibt es in Form von Teppichboden, den er exakt zuschneidet und aufklebt, oder auch als Seil zum Umwickeln der tragenden Säule. Einige Seitenflächen färbt er in den Grundfarben rot, blau, gelb ein. Felix weiß, dass er einen Vortrag halten und seinen Entwurf in einer mündlichen Prüfung vor dem gesamten Kollegium verteidigen muss. Es ist gar nicht so leicht, über die eigenen Ideen zu schreiben und zu sprechen!

Die Abschlussprüfung

Die Woche der Abschlussprüfung naht, in den Nebenfächern wurden die Arbeiten bereits geschrieben. Schon im Vorfeld haben die Studenten für ihre Präsentation, die später auch öffentlich zugänglich sein und deshalb im Foyer aufgebaut wird, viel gearbeitet. Tagelang haben sie Titellisten und Schildchen geschrieben, Textauszüge gedruckt, Lagepläne gezeichnet, Materialen beschrieben, oft bis in den späten Abend. Sie haben Sockel aus dem Keller geholt, wenn nötig, aus Spanplatten auch neu gebaut, Stellwände gestrichen und aufgestellt, die Beleuchtung installiert. Jeder Kandidat gibt an, wieviel Platz er braucht und bekommt seine Koje zugeteilt. Skizzen und Fotos werden eingerahmt und aufgehängt, um die Entwicklung der Entwürfe zu zeigen. Felix hat sich auf seinem Kletterbaum in verschiedenen Posen fotografieren lassen, um dessen Nutzungsmöglichkeiten noch anschaulicher zu machen. Die dreidimensionalen Objekte stehen bei den Studenten der Holzwerkstatt natürlich im Mittelpunkt der Präsentation.

Die mündlichen Prüfungen sind theoretische Erläuterungen der praktischen Arbeiten, die jeweils vor dem Kollegium im Gespräch verteidigt werden müssen. Die Studenten werden in alphabetischer Reihenfolge aufgerufen, Felix also unter F. Er wird also

nicht gleich zu Anfang an der Reihe sein und deshalb Zeit haben, sich zu beruhigen, wenn nötig. Seinen Vortrag hat er in seiner WG übungshalber mehrmals gehalten, immer wieder verbessert und zuletzt fast auswendig hersagen können. Seine Mitbewohner haben viele Fragen gestellt, die Felix anhand seiner Skizzen erläutert hat. Er hat, wenn nötig, zur Demonstration auch hier und da eine kleine Extra-Zeichnung angefertigt, denn seine Mitbewohner sind nicht vom Fach. Auch Mia kommt und hört gespannt zu, sie drückt wie alle anderen Felix die Pfoten, es wird schon werden! Sie erinnert sich an ihre erste Ausstellung, zusammen mit ihrer Mutter und den Geschwistern. Sie ist ein bisschen zur Musik herumgehüpft und -gekugelt, die Jury nannte das 'Vortanzen'. Alle fanden das kleine weiße Kätzchen niedlich und süß, aber es war kein Vergleich zu Felix' umfangreicher Prüfung. Mia musste kein Können beweisen, sondern nur gut aussehen, um einen Juniorenpreis zu bekommen.

Am Prüfungstag kann Felix morgens kaum etwas essen. Er ist jetzt doch recht angespannt, zumal er wenig geschlafen hat. Er ist extra früh aufgestanden, damit er pünktlich ist. Zu spät zu kommen bedeutet durchgefallen zu sein. Die Mitbewohner raten ihm, wenigstens ein paar Kekse zu essen und etwas Milch zu trinken. Ein WG-Mitglied fährt ihn diesmal zum Bauhaus. Die Studenten versammeln sich im Foyer vor ihren Arbeiten, der Direktor hält eine kurze Ansprache. Dann wird der erste Kandidat aufgerufen, die anderen warten solange in einem Nebenraum. Im Warteraum wird wenig gesprochen, alle versuchen sich zu konzentrieren. Felix geht noch einmal seine Notizen durch. Er versucht, tief ein- und auszuatmen, schnurrt ein bisschen als Meditationsübung und merkt, dass er ruhiger wird. Als der Student, der vor ihm an der Reihe war, glücklich in den Warteraum zurückkommt, weil er bestanden hat, und Felix als nächster Prüfling aufgerufen wird, glättet er noch einmal kurz sein schwarz-weißes Fell und tritt dann, so ruhig er kann, vor die Prüfungskommission. Seine Pfoten schwitzen etwas, aber er bemerkt es gar nicht. Nach den ersten erläuternden Sätzen zu seinem Kletterbaummodell merkt Felix, dass sich eine gewisse Routine einstellt, so oft hat er mit seinem Lehrer und den Studienkollegen schon darüber gesprochen. Er nennt seinen Kletterbaumprototyp 'Snorri', nach dem fürsorglichen WG-Kater.

Felix' Arbeit kommt sehr gut an, das merkt er schon während seines Vortrags. Nicht zuletzt deshalb, weil er Teile seines Entwurfs im Tierheim getestet hat und mit Zahlen und Daten belegen kann, dass er in der Praxis funktioniert und das Tierwohl fördert. Felix hätte die Tierheimkatzen zur Abschlussfeier gern eingeladen, aber sie haben keinen Ausgang bekommen. Sie wären wahrscheinlich nicht alle zurückgekehrt, vermutet Felix. Die expressive Farbgebung des Kletterbaums ist ein weiteres Plus. Felix hat das Sisalband, mit dem die einzelnen Teile umwickelt sind, und den Sisalteppich mit leuchtenden, aber ungiftigen Farben eingefärbt. Zum Schluss gratuliert das Kollegium einstimmig, er hat mit 'sehr gut' bestanden, als erster Kater am Bauhaus überhaupt. Felix' Fell sträubt sich vor Glück, seine Pfoten sind ganz heiß, als sein Prüfer ihm die Rechte schüttelt. Er wäre am liebsten mit allen Vieren in die Luft gesprungen und hätte einen Salto gemacht, aber er bemüht sich um ein würdevolles Auftreten. Er wird in der Pause sofort seine Familie und Freunde anrufen, er ist überglücklich. Aus Felix' Semester haben übrigens alle Kandidaten bestanden.

Zur Verleihung des Diploms eine Woche später lädt Felix wieder seine Familie und seine Freunde ein. In der festlich dekorierten Mensa hält zuerst Walter Gropius eine Ansprache, danach die einzelnen Fachlehrer und Studentenvertreter. Auch Felix wird gebeten, als Vertreter seines Semesters ein paar Worte zu sagen. Er bedankt sich bei seinen Lehrern für die Chance zum Studium, die das Bauhaus ihm gegeben hat, und die künftig jedermann mit Begabung bekommen sollte, ohne Ansehen der Person.

Felix' ganze Familie ist gekommen. Seine Schwester Lea, die sehr gewachsen ist, seit Felix sie zuletzt gesehen hat, hat ihre Freunde Lilly, Toby und Schwarzer mitgebracht. Als Felix das Podium betritt, um sein Diplom entgegenzunehmen, betont sein Lehrer erneut, dass er der erste Kater überhaupt sei, der am Bauhaus ein Studium erfolgreich absolviert habe. Da kann Lea nicht mehr an sich halten. "Hoffentlich dürfen bald auch Katzen ans Bauhaus!", ruft sie mit hoher, aufgeregter Stimme dazwischen und bekommt spontanen Applaus. Ihr Vater sieht sie streng an, aber das stört sie nicht. Sie hat sich fest vorgenommen, ebenfalls zu studieren, vielleicht Schmuckgestaltung oder Modedesign, oder ein ganz anderes künstlerisches Fach, besonders, nachdem sie nun die Ausstellung der Studenten gesehen hat. Am liebsten hätte Lea den Kletterbaum ihres Bruders gleich ausprobiert, aber es ist nicht erlaubt, die Exponate der Ausstellung zu berühren, wie ihr Vater sie belehrt.

Am Abend gibt es eine große Party, Reporter sind gekommen, um darüber zu berichten. Felix wird wieder und wieder fotografiert und interviewt, er steht im Mittelpunkt des Interesses. Die Studienkollegen sind schon ein bisschen neidisch. Auch ein Vertreter der Katzenfutterfirma, die ihm das Stipendium gewährt hat, ist da. Der farbenfrohe ergonomische Kletterbaum gefällt ihm sehr. Der Vertreter sagt, dass seine Firma künftig auch Tiermöbel ins Programm aufnehmen wolle und bietet Felix sofort einen Vertrag an. Felix freut sich sehr, so könnte er sein Stipendium, das teilweise als Darlehen ausgezahlt worden ist, bald zurückzahlen. Aber er bittet um Bedenkzeit, denn er will die Sache erst mit Mia besprechen, die sehr geschäftstüchtig ist und sich mit Verträgen bestens auskennt. Außerdem hat ihm das Bauhaus eine Assistentenstelle für ein Jahr angeboten, im Vorkurs bei Johannes Itten, mit dem sich Felix gut versteht und dessen Didaktik und Malstil er sehr schätzt. Er müsste sich dann auch nicht sofort von seiner WG trennen, in der er gerne lebt, wenn er den Lehrvertrag annähme. Zurück in das Fischerdorf ziehen will er nicht, obwohl ihm seine Familie und das Meer fehlen, dort sieht er keine berufliche Perspektive für sich.

Felix' Vater überreicht ihm mit wichtiger Miene das polierte Haus einer Wellhornschnecke, das innen wie Perlmutt schimmert und in dem zusammengerollt ein größerer Geldbetrag steckt. Der Vater hat wie in jungen Jahren den ganzen Sommer auf einem Angelkutter gearbeitet, Tickets verkauft, Angeln ausgegeben, den Anglern ihre Plätze an der Reling zugewiesen, und darüber sein Revier sträflich vernachlässigt. Dass sein Revier immer noch beliebt bei der Konkurrenz und daher hart umkämpft ist, zeigt eine neue Narbe in seinem dunklen Gesicht mit der blitzförmigen weißen Zeichnung auf der Nase. Lea und Felix' Mutter haben am Hafen Fischbrötchen verkauft, wobei sich Lea sich immer diebisch gefreut hat, wenn sie gegen Feierabend ein paar Mäuse auf den Grill schmuggeln konnte und angeheiterte Kunden dann die würzigen vermeintlichen Fischbrötchen überschwänglich lobten. Manche wunderten sich allerdings über die zahlreichen kleinen 'Gräten' darin. Auch hat Lea mit Erfolg ihre Muschelketten an Touristinnen verkauft. Aus Anlass von Felix' Prüfung hat sie für ihren Bruder extra eine dekorative Kette in Schwarz-Weiß aufgezogen, die gut zu seinem Fell passt, und den Verschluss beim örtlichen Juwelier vergolden lassen.

"Für dich, Felix", sagt der Vater und drückt ihm das große Schneckenhaus in die Pfoten, "Ich bin so stolz auf dich, und deine Mutter und Lea sind es auch. Du wirst das Geld brauchen können, zur Rückzahlung des Darlehens von der Katzenfutterfirma oder vielleicht zur Gründung deiner eigenen Werkstatt." Felix ist sprachlos vor Staunen. Er schluckt vor Rührung. Sein Mund ist ganz trocken, als er sich etwas verlegen bei den Eltern bedankt. Aber da kommt Mia und rettet die Situation. Felix stellt sie seiner Familie vor und merkt sofort, dass sein Vater die weiße langhaarige Katze bewundernd ansieht. Lea findet Mias neue Frisur sehr schick, auch auf seine Mutter macht Mias selbstsichere Art großen

Eindruck. Katzen und Menschen feiern bis in den frühen Morgen.

Im Morgengrauen bringt Felix Mia nach Hause. Zurück in der WG, bietet er seinen Eltern den großen Sessel in seinem Zimmer zum Schlafen an und Lea seinen Korb. Er selbst legt sich auf Snorris zweite Decke, die ihm dieser damals nach seinem Unfall geliehen hat, Leas Freunde schlafen eng aneinander gekuschelt im Wohnzimmer auf dem Sofa. Den kleinen schwarzen Kater, der kein richtiges Zuhause hat und den Toby und Lilly quasi 'adoptiert' haben, nehmen sie in die Mitte. Sie wären eigentlich gern noch in die Stadt gelaufen, aber Felix' Eltern haben das abgelehnt, es sei so spät zu gefährlich für junge Katzen vom Dorf, und sie trügen schließlich die Verantwortung für Leas Freunde. Todmüde, wie die Katzen nach dem ereignisreichen Tag sind, schlafen bald alle fest. Das Mondlicht stiehlt sich ins Zimmer und wirft einen Lichtstreifen auf den Tisch, auf dem Felix' Zeichensachen liegen. Weiß leuchtet das Papier seines Zeugnisses im Mondlicht, daneben glänzt die große Muschel mit den Geldscheinen.

Assistent bei Johannes Itten

Nach den Sommerferien, die Felix in seinem Fischerdorf verbracht hat, tritt er seine Stelle als Assistent
im Vorkurs von Johannes Itten an, den er vor Jahren
zu Beginn seines Studiums selbst besucht hat. Die
Ferien sind viel zu schnell vergangen. Er hat viel Zeit
am Strand verbracht, ist Boot gefahren, hat Plattfische geangelt und Lea bei ihren Zeichnungen geholfen, denn auch sie will ans Bauhaus und ist dabei,
ihre Bewerbungsmappe zusammenzustellen. Er rät
ihr, einen der sogenannten Mappenkurse zu besuchen, die es neuerdings gibt. Lea hat einen ausge-
prägten Sinn für das Dekorative und Ornamentale,
erkennt er bald. Hoffentlich sehen die Lehrer am
Bauhaus es auch so.

Felix hat Mia in den Sommerferien in sein Dorf
eingeladen. Nach zwei Ausstellungen und einem
Werbefilmtermin im Ausland hat sie Erholung dringend nötig. Die Reisen und besonders die dafür
nötigen Impfungen sind sehr anstrengend für sie
gewesen. Wenn Mia am Hafen auf einem Poller sitzt
und ihr langes seidiges weisses Fell putzt, ist sie die
Attraktion des Tages und zieht alle Blicke auf sich.
Felix' Vater organisiert eine Extra-Angeltour für sie
und stellt sie beim monatlichen Katzentreffen, das
stets bei Vollmond stattfindet, seinen beeindruckten

Freunden als Geschäftspartnerin seines Sohnes vor. Felix und Mia durchstreifen zusammen die Dünen und das Wäldchen, liegen am Strand im warmen Sand und Mia genießt es, dass sie keine Termine hat. Am Baden und Schwimmen sind die beiden Katzen allerdings weniger interessiert, obwohl das Wasser warm ist. Mia erinnert sich schaudernd daran, wie sie einmal bei den Dreharbeiten eines Werbefilms für Katzenshampoo von einer Schar laut schnatternder Pelikane mit Wasser bespritzt wurde. Sie hatte zu tun, dass ihr Fell wieder trocken wurde.

Felix trägt als Zeichen seiner neuen Würde bei der Arbeit am Bauhaus jetzt einen weißen Kittel, der ihn allerdings unter den Vorderbeinen etwas beengt. Aber der Kittel und die vielen Stifte in seiner Tasche lassen ihn bedeutend aussehen und unterstreichen seine Autorität, die längst nicht jeder Student sofort anzuerkennen bereit ist. Manchmal gibt es heftige Diskussionen über seine Kompetenz und Zuständigkeit. Felix muss sich als Übungsleiter mehr als einmal beweisen.

Am Ende der Ferien sichtet Felix mit dem Kollegium die eingereichten Mappen der zahlreichen Bewerber. Sie wählen aus, wer sich zur Aufnahmeprüfung einfinden darf. Felix erkennt bald, dass es gar nicht so leicht ist, die Arbeiten anderer gerecht zu beurteilen. Die Begabungen sind zwar sehr häufig grundverschieden voneinander, aber dennoch qualitativ gleichwertig. Auch wenn das Kollegium versucht, gerecht zu sein, werden stets einige Bewerber abgewiesen, schon allein aus Platzgründen, und sind enttäuscht, manchmal so sehr, dass sie keinen zweiten Bewerbungsversuch wagen. Auch begabte Katzen dürfen sich nun bewerben, aber nur vier haben es erfolgreich versucht: Eine rote Katze namens Eliza, Odin, ein stämmiger Tigerkater, Tony, ein großer grauer Maine Coon, der sehr klug und gesprächig ist und natürlich Lea. Tony liebt Grattagen, die er mit seinen großen scharfen Krallen formt und gestaltet. Immerhin vier Katzen, immerhin! Felix hat insgeheim gehofft, dass es mehr sein würden, aber derartige gesellschaftliche Veränderungen brauchen eben ihre Zeit, tröstet ihn Johannes Itten. Auch Studentinnen sind jetzt zugelassen. Immerhin!

Die rote Katze ist sehr talentiert und hat einen expressiven Malstil, kommt aber oft zu spät oder nimmt nur unregelmäßig am Unterricht teil. Das hat seinen Grund, wie Felix bald herausfindet. Nach Unterrichtsschluss stürmen ihr eines Abends am Ausgang des Bauhauses zwei Kätzchen entgegen, mit rotem Fell wie ihre Mutter. Sie umarmen Eliza stürmisch, wollen unbedingt ihre Malsachen tragen und springen dabei wild um sie herum. Ihre Schwänzchen sträuben sich vor Aufregung und sehen aus wie kleine rote Flaschenbürsten. Eine

ältere Katze mit einem geknickten Schwanz und einer kahlen Stelle im rotgetigerten Fell, offenbar ihre Großmutter, hält sich im Hintergrund, aber ruft den Kätzchen mahnende Worte zu: "Nicht so wild, Kinder, nicht so wild! Ihr reißt eure Mutter ja um! Tommy, du machst das neue Gemälde deiner Mutter schmutzig! Minka, lass deine Pfoten von den Skizzen, du verschmierst sie!". Die Großmutter wirkt etwas erschöpft und überfordert, kein Wunder, die Kleinen haben viel Temperament.

Auf Felix' Frage hin, wer die Kätzchen denn tagsüber betreue, reagiert Eliza ein wenig verlegen. "Meistens meine Mutter. Sie will meiner Karriere nicht im Weg stehen, vor allem, weil sie selbst früher wenig Chancen hatte.", sagt sie ,"Aber immer hat sie leider keine Zeit, zuviele Termine beim Tierarzt. Deshalb verspäte ich mich oft. Ich kann meine Kinder tagsüber ja nicht allein auf die Straße schicken oder im Tierheim abgeben. Zum Glück sind es nur zwei."

Felix denkt an seine eigene Kindheit in dem Fischerdorf. Er konnte sich frei bewegen, am Strand und am Hafen herumstreunen, niemand kontrollierte ihn. Seine Familie hatte Zeit für ihn, fast immer war jemand zu Hause. Er ist mit seinem Vater und dem Fischer auf See gewesen, half Fische sortieren und fiel bei seinen Streifzügen am Hafen auch öfter mal ins Wasser, was er zu Hause möglichst verschwieg. Es gab keinen Zeitplan für ihn, nur wenn es dunkel wurde, musste er zu Hause sein.

Eliza erzählt, sie stamme aus Kopenhagen. Sie hat dort schon mit der Laienmalgruppe eines bekannten Künstlers erfolgreich ausgestellt, in einer Galerie gegenüber dem Thorvaldsen-Museum, aber eine fundierte Ausbildung konnte sie in Dänemark nicht machen, daher hat sie sich am Bauhaus beworben. Der Vater ihrer Kinder wollte sein lukratives Groß-stadtrevier nicht aufgeben, deshalb sind sie, ihre Kleinen und ihre Mutter, ohne ihn ins Ausland ge-gangen. Ein Spediteur, der eines ihrer Bilder für sein Büro gekauft hat, organisierte ihren Umzug und nahm ihren Hausrat als Beiladung mit. Viel war es ohnehin nicht. Mit dem Geld von der Ausstellung versucht Eliza nun, sich eine Existenz aufzubauen, aber es sei schwer. Felix sagt, dass sie sicher kein Einzelfall sei, auch andere Studenten hätten schon Familie. Die Eltern müssten sich nur zusam-menschließen, die Lösung des Problems sei ein Kin-dergarten am Bauhaus für den Nachwuchs der Stu-dierenden und Angestellten. Felix will sofort eine Versammlung einberufen und ein Elternkomitee gründen.

Ob Eliza schon eine gute Wohnung gefunden habe? Er, Felix, kenne sich am Ort aus und könne vielleicht

107

helfen, sie notfalls auch für kurze Zeit in seiner WG unterbringen, obwohl ihm Bedenken kommen, wie der alte ruhebedürftige Snorri auf die temperamentvollen Kätzchen reagieren würde. Aber Eliza lehnt dankend ab. "Ich wohne möbliert, über einem Schreibwarenladen, in dem ich manchmal auch aushelfe, und Mutter hat sogar ein kleines Zimmer für sich, um auch einmal ungestört zu sein. Der Vermieter ist ein Katzenfreund und hält stets Spielzeug für meine Kleinen bereit, die auch im Garten spielen dürfen. Das kannten sie in Kopenhagen gar nicht. Und im Treppenhaus darf ich meine Bilder aufhängen, damit sie von Interessenten gesehen und eventuell gekauft werden. Den Leuten scheinen sie zu gefallen, eines wurde schon gestohlen". "Dann wäre es sicherer, wenn du deine Gemälde im Schaufenster des Ladens ausstelltest", meint Felix, "Schade um die Arbeit und Mühe, die du dir gemacht hast."

Ein Kindergarten am Bauhaus? Walter Gropius ist zunächst ein wenig skeptisch, als die Studenten ihm ihr Anliegen vortragen. Ein Kindergarten! Immer diese Neuerungen! Ohnehin kommt ihm das Bauhaus oft schon wie ein Kindergarten vor! Andererseits sieht er eine günstige Gelegenheit darin, die Kleinen frühzeitig an anspruchsvolle Kunst heranzuführen, und stellt eine leerstehende Lehrerwohnung als Raum zur Verfügung. Sie ist zwar noch nicht renoviert, aber das macht nichts. Möbel, auch

Kindermöbel, finden sich genug im Keller des Bauhauses, wie Felix weiss. Einige müssen nur noch fertiggestellt oder überholt werden. Sogar eine futuristische Wiege ist dabei, die auch als Schaukel dienen kann. Felix stellt aus seinem Sortiment einen Kletterbaum für die Kätzchen zur Verfügung.

Da die Gründung eines Kindergartens als Projektarbeit gilt, gibt es für alle, die mitwirken, einen Leistungsschein für ihre Arbeit, was die Studenten, auch kinderlose, zusätzlich anspornt, sich zu engagieren. Nun müssen noch qualifizierte Betreuer gefunden werden für die Kleinen. Elizas Mutter Muschka bietet sich sofort an, halbtags im Kindergarten zu arbeiten. So kann sie mit ihren Enkeln zusammen sein und gleichzeitig ihre Rente etwas aufbessern. Mittagessen können Studentenkinder und Kätzchen in der Mensa, zusammen mit ihren Eltern. Das Bauhaus soll auch für eine Versicherung sorgen, schlägt Felix vor, die Walter Gropius seufzend bewilligt. Der Kindergarten wird mit einem lauten bunten fröhlichen Fest eröffnet. Die Studenten stiften ein großes farbenfrohes Bild zum Thema "Kindheit", das sie aus kleinen quadratischen Leinwänden zusammengestellt und auf einer schwarz lackierten Holzplatte variabel montiert haben, so dass man die Quadrate immer neu kombinieren kann und stets eine andere Wirkung erzielt.

Felix stellt bald fest, dass Unterrichten gar nicht so leicht ist. Auf jedes Talent geht Johannes Itten individuell ein, und vermittelt grundlegende Kenntnisse und Techniken allgemeinverständlich. Auch von Felix wird das erwartet. Niemand soll sich entmutigt oder überfordert fühlen, aber auch technische und inhaltliche Herausforderungen nicht scheuen. Der Mut zum Experiment ist Voraussetzung zum Kunststudium, aber auch der Wille und die Geduld zum täglichen Üben. Jeder Student durchläuft eine Schule des Sehens nach Johannes Ittens Auffassung, vom Gegenständlichen bis hin zur Abstraktion. Auch einmal missverstanden zu werden und Kritik zu ertragen, muss man lernen, und vor allem, seine künstlerischen Ideen geschickt zu verteidigen. Das wird in Referaten, Bildbesprechungen und Diskussionen geübt. Felix leitet auch Repetitorien, in denen der Unterrichtsstoff wiederholt und vertieft wird und offene Fragen geklärt werden können.

Felix arbeitet oft in der Materialausgabe. Er händigt Papier und Leinwände aus, zeigt, wie man Farben anrührt, Keilrahmen baut und Passepartous schneidet. Er führt Materiallisten, gibt Bestellungen auf, um Johannes Itten zu entlasten, plant Exkursionen und führt Anwesenheits- und Preistabellen. Die Studenten geben ihm bald den Spitznamen 'Assistent Flix', weil er immer in Bewegung ist und unermüdlich von einem Einsatzort zum nächsten flitzt.

Abends tun ihm oft die Pfoten weh. Da Felix viel zu tun hat, kommt er oft erst nach Feierabend dazu, in seinem kleinen Atelier, das er am Bauhaus bezogen hat, seine Ideen umzusetzen und seinen Prototyp eines katzengerechten Kletterbaums weiterzuentwickeln. Er arbeitet neuerdings an einer zusammenklappbaren Version des Kletterbaums. Aber Felix lernt viel, auch von seinen Studenten und ist glücklich bei seiner Arbeit. Es ist ein anstrengendes, herausforderndes und lehrreiches Asisstenzjahr für Felix; der Vorkurs vergeht wie im Flug.